(1480)

Josef Quadflieg · Tomie dePaola
Der Sturm auf dem Meer
Biblische Wundergeschichten

Patmos

Der Sturm auf dem Meer

Biblische Wundergeschichten

Erzählt von Josef Quadflieg
Bilder von Tomie dePaola

Was Jesus uns mit seinen Wundern zeigen will

In der Bibel wird erzählt, daß Jesus Wunder gewirkt hat. Die Leute, die dabei waren, so heißt es, waren erschrocken; sie gerieten außer sich vor Entsetzen; sie fielen vor ihm nieder und glaubten an ihn. Sie sagten: „So etwas Außergewöhnliches haben wir noch nicht erlebt! Was ist das für ein Mensch? Wahrhaftig, er ist ein Gottesmann, ein Prophet! Er ist Gottes Sohn."
Später sagten die Freunde von Jesus: „Man sollte alles, was man noch von ihm und seinen Wundern weiß, aufschreiben, damit es nicht

vergessen wird und verloren geht und wir überall davon vorlesen und verkünden können!" So geschah es. Vier Männer, die wir „die vier Evangelisten" nennen, setzten sich hin und schrieben Wundergeschichten von Jesus auf.

Manche Leute sagen, wenn sie heute die ergreifenden Wundergeschichten lesen: „Wären wir doch dabei gewesen! Hätten wir doch erleben dürfen, wie Jesus Wunder tat vor allem Volk!"
Doch die Wundergeschichten sind nicht dazu aufgeschrieben worden, daß man sich beim Lesen wehmütig an alte Zeiten erinnert, die längst vorbei sind. Wunder – das bedeutet ja nicht nur, daß sich die Leute „wunderten", damals, als Jesus noch unter ihnen lebte. Mit seinen Wundern will Jesus vielmehr uns Menschen auch heute noch etwas zeigen. Er will uns zeigen, daß Gott zu allen Zeiten nicht das Unheil will, sondern das Heil.

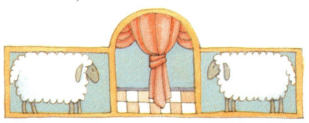

Wenn Jesus zum Beispiel einen Lahmen gehend macht, dann könnte es sein, daß er uns zeigen will: Ihr sollt nicht lahm und müde herumstehen, sondern aufeinander zugehen und zueinander gut sein. Wenn Jesus einen Blinden sehend macht, zeigt er uns vielleicht: Gott will, daß wir all das Schöne sehen und achten, das er für uns geschaffen hat. Wenn Jesus einen Toten lebendig macht, wie zum Beispiel seinen Freund Lazarus oder das Töchterchen des Jairus, zeigt er uns: Gott will, daß wir lebendig sind, daß wir glücklich sind, daß wir uns freuen. Wenn Jesus, wie erzählt wird, den Seesturm still macht, zeigt er uns: Auf Gott könnt ihr euch verlassen, auf ihn könnt ihr

vertrauen, ihr braucht keine Angst zu haben, Gott ist bei euch.

Als Jesus ungefähr dreißig Jahre alt war, ging er an den Jordanfluß und ließ sich von Johannes taufen. Dann stieg er aus dem Wasser und ging in die Städte und Dörfer seiner Heimat. Er erzählte den Leuten vom Vater im Himmel und tat Zeichen und Wunder.

Eine Hochzeit in Kana

Einmal wurde in Kana in Galiläa eine Hochzeit gehalten. Wie noch heute, so war auch damals im Land der Juden eine Hochzeit ein großes Familienfest: Man lud die Verwandten ein, auch Freunde, Nachbarn und Bekannte, manchmal sogar Fremde, die sich gerade im Dorf aufhielten. In der Küche hantierte ein Speisemeister, der für Essen und Trinken zu sorgen hatte; Musikanten spielten zum Tanz auf, man erzählte einander alte und neue Geschichten, pries die Schönheit der Braut mit frommen Sprüchen und vertrieb sich die Zeit mit Singen und Rätselraten. Die Hochzeit dauerte mehrere Tage, manchmal eine ganze

Woche. Zu der Hochzeit in Kana war auch Jesus eingeladen, mit seinen Jüngern. Auch seine Mutter Maria war dabei. Auf einmal geschah es: Der Wein war ausgegangen! Da sagte Maria zu Jesus: „Sie haben keinen Wein mehr." Jesus antwortete: „Was willst du? Meine Stunde ist noch nicht gekommen." Doch Maria ging zu den Dienern und sprach: „Wenn er euch etwas sagt, dann tut es!" Nun standen nahe bei der Haustür sechs steinerne Krüge. Jesus sprach zu den Dienern: „Füllt Wasser in die Krüge." Die Diener taten, was Jesus sagte, in jeden Krug schütteten sie hundert Liter. Dann sagte Jesus: „Schöpft etwas ab und bringt es dem Speisemeister." Sie taten es, und der Speisemeister probierte das Wasser – das zu Wein geworden war. Er wußte nicht, woher der Wein kam, nur die Diener wußten es. Da rief der Speisemeister den Bräutigam und sagte: „Jeder bringt zuerst den guten Wein auf den Tisch, und ganz zum Schluß, wenn die Gäste schon tüchtig getrunken haben, tischt er den billigen auf. Du aber hast den besten Wein bis zuletzt aufbewahrt!"

So tat Jesus in Kana in Galiläa sein erstes Wunder: Er verwandelte Wasser in Wein. Seine Jünger spürten etwas von der Macht und Herrlichkeit Gottes, die von Jesus ausging, und sie glaubten an ihn.

Jesus bei den Fischern

Im Land Galiläa liegt der See Gennesaret. Fast alle Männer, die in den Dörfern und Städten am See lebten, waren Fischer. Der See war so fischreich, daß sie mit den Fischen nicht nur ihre Familien versorgen, sondern ihren Fang auch auf den Märkten verkaufen konnten. Noch heute wohnen dort Fischer, und noch heute ißt man überall im Land Israel Fische aus dem See Gennesaret.
Eines Tages ging Jesus am See Gennesaret entlang; da sah er zwei Boote am Ufer liegen. Die Fischer waren ausgestiegen und reinigten ihre Netze. Jesus ging zu ihnen hin und sagte zu einem, der Petrus hieß: „Fahr hinaus auf den See, und werft eure Netze aus!" Petrus

erwiderte: „Wir waren die ganze Nacht draußen, doch ist uns nicht ein einziger Fisch ins Netz gegangen. Doch gut, wenn du es sagst, will ich noch einmal ausfahren und mit meinen Freunden die Netze auswerfen."

Sie fuhren hinaus und ließen die Netze ins Wasser. Da fingen sie eine solche Menge Fische, daß die Netze zu zerreißen begannen. Darum riefen sie die anderen herbei, sie sollten kommen und ihnen helfen. Die anderen Fischer kamen, und sie zogen gemeinsam mit aller Kraft die Netze herauf. Als sie die Netze ausleerten, waren es zwei Boote voll Fische, schwer, bis zum Rand, so daß sie fast untergingen. So fuhren sie langsam bis ans Ufer.

Als Petrus das sah, stieg er aus, fiel Jesus zu Füßen und rief: „Herr! Geh weg von mir, ich bin ein Sünder!" Denn er und die anderen Fischer waren erschrocken und konnten sich nicht erklären, warum sie so viele Fische gefangen hatten.

Jesus aber sprach zu ihnen: „Erschreckt nicht! Ich werde euch zu Menschenfischern machen: Von nun an sollt ihr nicht mehr Fische fangen, sondern Menschen um euch sammeln, die auf meine Worte hören." Da zogen sie ihre Boote an Land, ließen alles stehen und liegen, ihre Boote, ihre Netze, ihre Wohnungen, und folgten Jesus nach, überall hin.

Im Seesturm

Die Männer, die Jesus folgten, überall hin, nennt man: seine Jünger. Aus ihnen wählte er zwölf besonders aus: die Zwölf Apostel, oder: die Zwölf Gesandten. Das sind ihre Namen: Zwei hießen Jakobus (der Ältere und der Jüngere, wie man sie nennt); zwei hießen Judas, nämlich Judas Thaddäus und Judas Iskariot, der später Jesus an die Feinde verriet, so daß sie ihn gefangennehmen konnten. Zwei andere hießen Simon: Einer war Simon der Eiferer, der andere war Simon Petrus, zu dem

Jesus sagte: „Du bist der Fels." Schließlich gehörten zu den zwölf Aposteln noch Andreas, Philippus, ein ehemaliger Zöllner mit Namen Matthäus, sowie Johannes, Bartholomäus und Thomas.

Auch viele Frauen folgten Jesus nach; mit Namen kennt man vor allem Maria aus dem Ort Magdala (oder Maria Magdalena, wie man meistens sagt) und einige andere, die ebenfalls Maria hießen, ferner Johanna Chuza, Salome und Susanna.

Eines Tages waren sie am See Gennesaret, und Jesus sagte zu ihnen: „Wir wollen hinüberfahren ans andere Ufer!" Er stieg mit seinen Jüngern in ein Boot, und sie legten ab. Als sie ein Stück gefahren waren, ging Jesus nach hinten, legte sich auf ein Kissen und schlief ein. Plötzlich brach ein Sturm los, direkt über dem See, direkt über ihren Köpfen. Wellen schlugen in das Boot, Wasser drang ein, und sie waren in großer Not. Da weckten sie ihn und riefen: „Meister! Wir gehen zugrunde!" Jesus aber erhob sich und drohte dem Wind und den Wellen – und Wind und Wellen legten sich. Dann sagte er zu den Jüngern: „Warum fürchtet ihr euch? Wo ist euer Vertrauen?" Sie antworteten nichts, sondern fragten einander. „Was ist das für ein Mensch, daß sogar Wind und Wasser ihm gehorchen?"

Jesus teilt mit den Hungrigen

Nahe beim See Gennesaret lag eine einsame Gegend; dorthin wollte Jesus mit seinen Aposteln gehen, um mit ihnen allein zu sein. Der tägliche Andrang der Leute war nämlich so groß, daß Jesus kaum ein Wort mit den Aposteln reden konnte und sie keine Zeit fanden, in Ruhe miteinander zu essen.
Doch die Leute hatten gesehen, wie Jesus mit einem Boot hinüber ans andere Ufer fuhr. Da machten sie sich auf den Weg und liefen ihm nach, um den See herum, fünftausend Männer und viele Frauen und Kinder. Als Jesus aus dem Boot stieg und die vielen Menschen sah, die sich um ihn drängten, hatte er Mitleid, denn sie kamen ihm vor wie eine große Schafherde, die keinen Hirten hat.

Da sprach er zu ihnen vom Vater im Himmel und vom Reich Gottes, in dem alle Menschen glücklich sein sollen.
Allmählich kam der Abend, und die Apostel sagten zu Jesus: „Die Leute haben Hunger.

Schick sie weg! Vielleicht können sie in einem nahegelegenen Bauernhof Brot kaufen." Jesus antwortete: „Gebt doch ihr ihnen zu essen!" Sie sagten: „Wie denn? Sollen wir weggehen und irgendwo Brot kaufen? Wir haben zu wenig Geld." Jesus erwiderte: „Seht nach, was ihr zu essen bei euch habt." Da schauten sie in ihren Säcken und Taschen nach und sagten: „Fünf Brote! Zwei Fische! Das ist nicht genug für so viele!"

Da befahl er den Leuten, sich ins Gras zu setzen, in Gruppen zu Hundert und zu Fünfzig. Und Jesus nahm die Brote und die Fische, blickte zum Himmel auf und sprach ein Dankgebet. Dann segnete er die Brote, brach sie und reichte sie seinen Aposteln, sie sollten sie an die Leute austeilen, die Brote, und auch die Fische.

Die Apostel taten, wie Jesus sagte. Die Leute nahmen und aßen, und alle wurden satt. Nachdem sie gegessen hatten, sammelten die Apostel auf, was beim Teilen und Essen heruntergefallen war. Da zählten sie zwölf Körbe, voll mit Resten.

Jesus heilt einen Gelähmten

Fast dreißig Jahre hat Jesus bei seinen Eltern und Geschwistern in Nazaret gewohnt. Dann ging er fort, um überall die Botschaft von der Liebe Gottes zu verkünden. Manchmal wohnte er nirgendwo, sondern war heute hier, morgen dort; er sagte: „Die Füchse haben ihre Höhlen, die Vögel haben ihre Nester, ich aber habe keinen Ort, wohin ich mein Haupt legen könnte." Meistens aber wohnte er in Kafarnaum, einer Stadt am See Gennesaret. Darum nennt man Kafarnaum: seine Stadt.
Einmal kamen viele Leute nach Kafarnaum, um ihn zu hören. Die Kraft Gottes war in ihm

und drängte ihn, Gutes zu tun. Da brachten Männer einen Gelähmten herbei, der auf einer Tragbahre lag. Sie wollten ihn zu Jesus bringen, aber das Haus war voll von Menschen. Da stiegen sie aufs Dach, deckten Ziegel ab und ließen den Mann auf seiner Tragbahre herunter, genau vor Jesus hin. Als Jesus ihren Glauben sah, sprach er: „Mein Freund, deine Sünden sind dir vergeben."

Nun waren unter den Leuten, die um Jesus standen, fromme Gelehrte, die sagten: „Welch eine Gotteslästerung! Nur Gott allein kann Sünden vergeben." Jesus sprach zu ihnen: „Was ist leichter zu sagen: Deine Sünden sind dir vergeben – oder: Steh auf und geh umher?" Sie schwiegen. Da sagte Jesus: „So erkennt denn, daß Gott mir die Macht gegeben hat, Sünden zu vergeben!" Und er wandte sich dem Gelähmten zu und sprach: „Steh auf, nimm dein Bett und geh nach Hause!" Im selben Augenblick sprang der Mann vor aller Augen auf, geheilt an Leib und Seele, geheilt von Sünde und Krankheit. Er nahm seine Tragbahre, lobte Gott und lief heim.

Da gerieten die Leute außer sich vor Staunen; sie priesen Gott und sagten: „Heute haben wir etwas Außergewöhnliches gesehen! Was für eine große Macht hat Gott diesem Jesus gegeben!"

Jesus kommt seinen Freunden zu Hilfe

Wieder einmal waren viele Leute mit Jesus gegangen, so daß er den ganzen Tag nicht zur Ruhe kam. Am Abend schickte er die Leute weg, auch seine Jünger und die Apostel und die Frauen, die ihm folgten. Er stieg auf einen Berg, allein, um zu beten. Dort blieb er bis tief in die Nacht. Die Apostel waren unterdessen auf ihr Schiff gegangen und wollten über den See ans andere Ufer fahren.
Sie ruderten und ruderten, doch sie kamen nicht von der Stelle; es hatte sich nämlich ein Sturm erhoben, und sie hatten heftigen Gegenwind. Das Schiff wurde von den Wellen

hin- und hergeworfen. Jesus aber sah vom Berg her, wie sie sich abmühten.
Da kam er zu ihnen, in der Morgenfrühe: Er ging auf dem See. Als die Apostel ihn sahen, schrien sie vor Angst, denn sie meinten, er sei ein Gespenst. Jesus aber sagte: „Habt Vertrauen! Ich bin es! Fürchtet euch nicht!" Da erwiderte Petrus: „Herr, wenn du es bist, so laß auch mich auf dem Wasser gehen und zu dir kommen." Jesus sagte: „Komm!" Da stieg Petrus aus dem Schiff und ging über das Wasser, auf Jesus zu. Als er aber sah, wie wütend der Wind war und wie hoch er die Wellen warf, bekam er Angst und begann unterzugehen. Er schrie: „Herr! Rette mich!" Jesus streckte seine Hand aus, ergriff ihn und sprach: „Hast du so wenig Vertrauen?"

Dann stiegen sie zusammen ins Schiff, Jesus und Petrus, und der Wind legte sich. Die Apostel aber, die das alles gesehen und gehört hatten, fielen vor Jesus nieder und sagten: „Wahrhaftig, du bist Gottes Sohn!"

Jesus heilt bei Jericho den blinden Bartimäus

Überall auf der Welt gibt es Blinde. In armen Ländern haben sie weiter keine Hilfe als ihren Stock, mit dem sie tippen und tappen, um den Weg zu finden. Oder jemand hat Erbarmen und führt sie ein Stück weit an der Hand. In reichen Ländern gehen Kinder in die Blindenschule, wo sie lesen und schreiben lernen – in „Blindenschrift". Manche Blinde haben einen dressierten Hund, der ihnen hilft, sich zurechtzufinden. Viele erlernen Berufe, in denen sie Maschinen und Apparate bedienen, flink und fehlerlos wie Sehende.

Zu der Zeit, als Jesus lebte, gab es alles das

nicht. Man setzte die Blinden gewöhnlich morgens an den Wegrand, ließ sie dort den ganzen Tag betteln und holte sie abends, wenn die Sonne unterging, wieder nach Hause.

Einmal ging Jesus mit seinen Jüngern und vielen anderen Leuten in eine Stadt mit Namen Jericho. Die Stadt lag in einer wasserreichen Oase, inmitten von Palmen. Auf dem Platz am Brunnen traf man viele Leute, denn dort wurde jede Woche Markt abgehalten. An diesem Tag, als Jesus mit seinen Jüngern in Jericho war und durchs Stadttor wieder heimkehren wollte, saß draußen ein Blinder am Straßenrand und bettelte. Er hieß Bartimäus. Der blinde Bartimäus hörte die Stimmen der vielen Leute, die vorbeigingen. Er fragte: „Was hat das zu bedeuten?" Sie sagten: „Jesus von Nazaret kommt!" Da rief er laut: „Jesus! Davidssohn! Erbarme dich!" Die Leute wurden ärgerlich und sagten: „Schweig, du bist dem Meister lästig." Bartimäus aber schrie noch lauter: „Sohn Davids! Sohn Davids! Hab Erbarmen mit mir!"

Jesus blieb stehen und sagte zu seinen Jüngern: „Ruft ihn her!" Sie gingen zu dem Blinden und sagten: „Hab nur Mut! Er ruft dich! Steh auf und komm!" Da warf Bartimäus seinen Mantel ab und sprang auf. Er fürchtete nicht, zu stolpern und zu fallen, sondern eilte, so schnell er konnte, auf Jesus zu. Jesus fragte ihn: „Was soll ich für dich tun?" Der Blinde antwortete: „Rabbuni! Ich möchte wieder sehen können!" Rabbuni heißt: Großer Meister. Da sprach Jesus zu ihm: „Geh, du sollst wieder sehen können. Dein Glaube hat dich geheilt." Im selben Augenblick konnte Bartimäus wieder sehen. Er lobte Gott mit lauter Stimme, ging nicht nach Haus, nach Jericho zurück, sondern folgte Jesus auf seinem Weg. Die Leute aber, die das Wunder gesehen hatten, priesen Gott.

Jesus und Lazarus

Nahe bei Jerusalem lag das Dorf Betanien; dort wohnten drei Geschwister: Maria, Marta und Lazarus. Sie waren mit Jesus befreundet; manchmal, wenn Jesus in die Nähe von Betanien kam, ging er zu ihnen, um sich auszuruhen und mit ihnen zu essen. Eines Tages starb Lazarus. Da kamen viele Leute, um Lazarus zu beweinen und die beiden Schwestern zu trösten. Auch Jesus kam, und Marta ging ihm entgegen. Sie sagte: „Wärst du doch hier gewesen! Dann wäre mein Bruder nicht gestorben. Doch auch jetzt weiß ich, daß Gott dir alles gewähren wird, um was du ihn bittest." Jesus antwortete: „Dein Bruder wird auferstehen!" Marta sagte: „Ich weiß. Er wird auferstehen am Jüngsten Tag, wenn alle Menschen auferstehen."

Da sprach Jesus: „Ich bin die Auferstehung und das Leben. Wer an mich glaubt, wird leben, auch wenn er stirbt. Glaubst du das?" Marta antwortete: „Ja, Herr, ich glaube. Denn du bist der Sohn Gottes."

Da kam auch Maria, fiel Jesus zu Füßen und rief: „Herr! Wärst du doch hier gewesen!" Als Jesus sah, wie sie weinte und alle Leute mit ihr, wurde er tief erschüttert, und er weinte mit ihnen. Die Leute sagten: „Seht, wie lieb er ihn hatte!" Andere sagten: „Blinden hat er die Augen geöffnet – warum hat er nicht verhindert, daß sein Freund gestorben ist?" Dann gingen sie zum Grab. Das Grab war eine Höhle, die in einen Felsen gehauen und mit einem Stein verschlossen worden war.
Jesus sagte: „Nehmt den Stein weg!" Marta aber erwiderte: „Nein, Herr, er riecht schon, er liegt ja schon vier Tage im Grab!" Jesus sagte: „Wenn du glaubst, wirst du etwas von der Herrlichkeit Gottes sehen." Da nahmen sie den Stein weg. Jesus aber erhob die Augen zum Himmel und sprach: „Vater, ich danke dir, daß du mich hörst!" Dann rief er mit lauter Stimme in das Grab hinein: „Lazarus! Komm heraus aus dem Grab!"
Da kam der Verstorbene heraus. Seine Hände und Füße waren noch mit den Leichentüchern umwickelt, und sein Gesicht war mit einem

Schweißtuch umhüllt. Jesus aber sagte: „Tut die Tücher beiseite, damit er nach Hause gehen kann." Da erschraken die Leute, und viele von ihnen, die es gesehen hatten, glaubten an Jesus.

Das lebendige Wasser

In Jerusalem lag am Schaftor ein großes Gebäude, Betesda mit Namen; Betesda heißt: Haus der Barmherzigkeit. Es bestand aus fünf Säulenhallen, die rings um einen doppelten Teich standen. Die Leute nannten ihn „Teich am Schaftor", oder einfach: Schafteich.
Von Zeit zu Zeit geriet das Wasser im Schafteich in Wallung, man könnte sagen: Aus dem

ruhigen Schafteich wurde lebendiges Wasser! Manche sagten: „Es ist ein Engel des Herrn, durch den dies geschieht! Er steigt zu bestimmten Zeiten vom Himmel herab, berührt das Wasser und macht es damit lebendig!"

In den Hallen von Betesda lagen viele Kranke: Blinde und Lahme, Schwindsüchtige und Krüppel. Sie lagen und warteten darauf, daß sich das Wasser bewegte. Ob Mann, ob Frau, ob blind oder lahm oder schwindsüchtig – stets wurde, wer zuallererst ins Wasser stieg, von seinem Leiden geheilt.

Einmal kam Jesus nach Jerusalem. Er ging in das Haus der Barmherzigkeit und sah am Schafteich einen Mann, der verkrüppelt war und schon achtunddreißig Jahre in den Hallen lag. Jesus fragte ihn: „Willst du gesund werden?" Der Mann antwortete: „Herr, ich habe keinen, der mich ans Wasser trägt, wenn es zu wallen beginnt. Während ich mich noch hinschleppe, steigt jedesmal schon ein anderer vor mir hinein." Da sprach Jesus: „Steh auf, nimm deine Liegematte und geh heim!" Und so-

gleich wurde der Mann geheilt. Er nahm seine Matte und ging. Später, wenn Jesus zu den Leuten redete, sagte er manchmal: „Ich bin das lebendige Wasser!" Dann erinnerten sich die Leute an das, was am Schafteich geschehen war.

Der Hauptmann und sein Diener

Zu der Zeit, als Jesus lebte, regierte in Rom Kaiser Tiberius. Zu seinem Reich gehörten nahezu alle Länder der Erde. Auch das Judenland war Teil seines Reiches, alle waren seine Untertanen: die Juden in Nazaret und Betlehem, in Kana und Jerusalem, und die Leute in der Stadt Kafarnaum, in der Jesus wohnte. Überall im Land sah man die Soldaten des Kaisers; sie lebten in Lagern und Kasernen und marschierten manchmal durch die Straßen, um den Juden zu zeigen: Vergeßt nicht, daß ihr machtlos seid und daß der Kaiser euer Herr ist, dem ihr zu gehorchen habt!

In Kafarnaum war ein römischer Hauptmann, der hatte einen Diener, den er sehr liebte. Der Diener war krank, und von Tag zu Tag ging es mehr mit ihm zu Ende. Da schickte der Hauptmann Leute zu Jesus; sie sollten fragen, ob er kommen und den Diener heilen könnte. Die Leute gingen also zu Jesus und erzählten ihm alles. Sie sagten: „Der Hauptmann ist zwar ein Fremder, ein Römer, ein Heide, der nicht an den Gott Israels glaubt, doch er ist es wert, daß du ihm hilfst: Er ist keiner von denen, die uns unterdrücken, er ist vielmehr gut zu uns. Er hat für uns Juden in Kafarnaum sogar ein Gebets-Haus gebaut." Da ging Jesus mit ihnen.

Als sie unterwegs waren, kamen ihnen Freunde des Hauptmanns entgegen und sprachen zu Jesus: „So läßt dir der Hauptmann sagen: Mach dir nicht so viel Mühe, Herr, denn ich bin nicht würdig, daß du eingehst unter das Dach meines Hauses. Vielmehr: Sprich nur ein einziges Wort, so wird mein Diener gesund!" Als Jesus das hörte, sagte er zu den Leuten, die dabeistanden:

„Wahrhaftig, einen solchen Glauben habe ich noch nirgendwo gefunden, in ganz Israel nicht!" Die Freunde des Hauptmanns kehrten zurück. Als sie aber in das Haus traten, sahen sie, daß der Diener gesund war.

Das Töchterchen des Jairus

Die Bethäuser der Juden, in denen sich manchmal auch eine Schule für Kinder und Erwachsene befindet, nennt man Synagogen. Einmal kam ein Mann zu Jesus; er war Synagogenvorsteher und hieß Jairus.

Er zwängte sich mit Mühe durch die Leute, warf sich Jesus zu Füßen und sagte: „Meine Tochter liegt im Sterben. Komm und leg ihr die Hand auf, damit sie wieder gesund wird und am Leben bleibt!" Da ging Jesus mit ihm. Unterwegs aber drängten sich so viele Leute an Jesus heran, daß er beinahe erdrückt wurde und in der großen Menschenmenge nur langsam vorwärtskam.

Da kam jemand, der zum Haus des Jairus gehörte, nahm ihn beiseite und sagte: „Bemühe den Meister nicht länger, denn dein Töchterchen ist soeben gestorben." Jesus aber hatte gehört, was der Mann dem Jairus zugeflüstert hatte, und sprach zu ihm: „Fürchte dich nicht! Glaube nur, und dein Kind wird gerettet werden!"

So kamen sie an das Haus und gingen hinein. Im Zimmer des Mädchens waren viele Verwandte versammelt; sie weinten und jammerten, daß das Haus erdröhnte. Auch Flötenspieler hatte man schon bestellt, sie spielten Trauermelodien. Jesus aber sagte zu den Leuten: „Was weint und jammert ihr, und warum spielt ihr Trauerlieder? Das Kind ist nicht gestorben, es schläft nur." Da lachten sie ihn aus, denn sie waren sicher, daß es tot war. Jesus aber schickte sie alle hinaus auf die Straße. Nur die Apostel Petrus, Johannes und Jakobus nahm er mit ins Zimmer, sowie die Eltern des Kindes.

Dann faßte er das Mädchen an der Hand und rief: „Talita kum – das heißt: Mädchen, ich sage dir, wach auf!" Da kehrte das Leben in das Mädchen zurück. Es stand auf und ging umher; es war zwölf Jahre alt.

Die Leute gerieten außer sich vor Entsetzen. Jesus aber sagte: „Gebt dem Mädchen etwas zu essen." Von diesem Wunder erzählte man sich schon bald überall, in der ganzen Gegend wurde davon gesprochen.

Die Aussätzigen

In der Bibel wird oft von einer Krankheit erzählt, die man Aussatz nennt. Der Aussatz, so glaubte man, kam von bösen Geistern, von Dämonen: Sie schlugen die Menschen so, daß sie Beulen, Geschwüre und häßliche Flecken auf der Haut bekamen. Die Aussätzigen wurden „aus-gesetzt"; sie mußten draußen vor den Städten wohnen, denn die Gesunden fürchteten, von ihnen angesteckt zu werden. Kam ein Gesunder zufällig in die Nähe eines Aussätzigen, mußte dieser ein Tuch schwenken und: „Unrein! Unrein!" rufen. Auch an Festen und

Gottesdiensten durften sie nicht teilnehmen; sie durften den Tempel nicht betreten. So fühlten sie sich von Gott und von den Menschen verlassen und verstoßen.

Wenn ein Aussätziger glaubte, er sei gesund geworden, mußte er zu den Priestern gehen und sich ihnen zeigen, so schrieb es das jüdische Gesetz vor. Er mußte fragen: „Darf ich nun zu den Menschen zurück? Darf ich den Tempel betreten und am Gottesdienst teilnehmen?" Erst wenn der Priester den Aussätzigen gründlich untersucht hatte und feststellte: Jetzt ist er rein!, durfte er wieder mit den Gesunden zusammenleben.

Einmal, als Jesus unterwegs war nach Jerusalem, kam er in die Nähe eines Dorfes, und als er schon in das Dorf hineingehen wollte, sah er zehn Aussätzige. Sie wohnten draußen, am Rand, wie es Vorschrift war. Als sie Jesus kommen sahen, machten sie ihm mit ihren Tüchern Zeichen, er solle nicht näherkommen, und riefen von ferne: „Jesus! Meister! Hab doch Erbarmen mit uns!"

Als Jesus sie sah und als er hörte, was sie riefen, sagte er zu ihnen: „Geht und zeigt euch den Priestern!"

Da machten sie sich sogleich auf nach Jerusalem, um sich dort den Priestern zu zeigen. Als sie unterwegs einander anblickten, stellten sie fest, daß sie rein geworden waren. Da liefen sie in großer Freude ins Dorf, zu ihren Verwandten.

Nur einer von ihnen kehrte um und lobte Gott mit lauter Stimme: ein Fremder aus dem Land Samarien. Er warf sich vor Jesus auf den Boden, zu seinen Füßen, und dankte ihm.

Da sagte Jesus zu den Leuten, die dabeistanden: „Es sind doch zehn rein geworden – wo

sind denn die anderen neun? Ist denn keiner umgekehrt, um Gott zu ehren, außer diesem Fremden da?" Und zu dem Geheilten sprach er: „Steh auf und geh! Dein Glaube hat dich rein gemacht!"

Die Deutsche Bibliothek – CIP-Einheitsaufnahme

Der Sturm auf dem Meer: biblische Wundergeschichten /
Josef Quadflieg; Tomie dePaola. – Düsseldorf: Patmos, 1995
ISBN 3-491-79461-7
NE: Quadflieg, Josef; dePaola, Tomie

1. Auflage 1995
© 1995 Patmos Verlag Düsseldorf
für die deutschsprachige Ausgabe
Alle Rechte vorbehalten
Satz: Fotosatz Moers, Mönchengladbach
Druck und Verarbeitung: Proost N.V., Turnhout, Belgien

Originalausgabe in englischer Sprache:
© 1987 für Text und Illustration: Tomie dePaola
Titel der Originalausgabe:
The Miracles of Jesus